www.ingramcontent.com/pod-product-compliance
Lightning Source LLC
LaVergne TN
LVHW050816051026
849532LV00008B/2999
* 9 7 8 9 3 5 8 7 2 3 5 5 7 *

تلوار کی طاقت

('انوارِ سہیلی' سے منتخب بچوں کی کہانیاں)

ملا حسین واعظ کاشفی

© Taemeer Publications LLC
Talvaar ki Taaqat *(Kids Stories)*
by: Mulla Husain Waaiz Kashifi
Edition: December '2024
Publisher :
Taemeer Publications LLC (Michigan, USA / Hyderabad, India)

ISBN 978-93-5872-355-7

کتاب	:	**تلوار کی طاقت** (بچوں کی کہانیاں)
مصنف	:	**ملا حسین واعظ کاشفی**
صنف	:	ادب اطفال
ناشر	:	تعمیر پبلی کیشنز (حیدرآباد، انڈیا)
سالِ اشاعت	:	۲۰۲۴ء
صفحات	:	۶۴
سرورق ڈیزائن	:	تعمیر ویب ڈیزائن

فہرست

پیش لفظ

کہانی کا رواج زمانۂ قدیم سے چلا آرہا ہے۔ جب انسان جنگلوں میں رہتا تھا اور شکار کا گوشت یا جنگلی پھل پھول کھا کر زندگی بسر کرتا تھا، اس وقت بھی کہانی انسان کی زندگی میں موجود تھی۔ دن بھر شکار کے لیے پریشان انسان جب شام کو تھکا ہارا واپس اپنے ٹھکانے پر لوٹتا تھا تو آگ کے گرد، شکار بھونتے ہوئے اپنے دوسرے ساتھیوں کے ساتھ بیٹھ کر اپنے دن بھر کے تجربات بڑی دلچسپی سے سناتا تھا یہیں سے قصے یا کہانی کی ابتدا ہوئی ہے۔ پھر اس کے بعد جب یہی انسان تہذیب یافتہ ہو کر گاؤں، دیہاتوں اور شہروں تک پہنچا تو کہانی بھی اس کے ساتھ ساتھ آگے بڑھتی رہی اور اس کی زندگی کی ترجمانی کرتی رہی۔ اس کے کردار وقت اور حالات کے ساتھ ساتھ بدلتے رہے۔ کبھی یہ جن، دیو اور پری کی شکل میں آئے اور کبھی جانوروں اور پرندوں کی زبان سے زندگی کی حقیقتیں بیان کی گئیں۔ کبھی شہزادوں، وزیروں، وزیرزادوں اور تاجروں کی زبان سے کہانیاں سنائی گئیں اور پڑھنے اور سننے

والوں کو نصیحتیں کی گئیں۔

ہمارا ملک ہندوستان تو ایسی حکایتوں اور کہانیوں کا خاص مرکز رہا ہے۔ ہماری قدیم کہانیاں "پنچ تنتر" اور "ہتوپدیش" کی شکل میں دنیا کے سامنے آئیں۔ جن کے ذریعے باتوں باتوں میں کئی اخلاقی سبق سکھائے گئے۔ دنیا بھر کی زبانوں میں ان کہانیوں کے ترجمے ہوئے اور پھر ہندوستان کی کہانیاں دنیا بھر میں گھوم پھر کر دوبارہ ہندوستان لوٹ آئیں۔

"انوارِ سہیلی" میں جو کہانیاں شامل ہیں وہ بھی دراصل انہیں ہندوستانی کہانیوں سے لی گئی ہیں۔ ہندوستان کے ایک ذہین برہمن نے یہ کہانیاں اپنے بادشاہ کی اخلاقی اصلاح کی خاطر لکھی تھیں۔ پھر یہ ایرانیوں کے ہاتھوں دنیا بھر میں پہنچیں۔ یہ کہانیاں زندگی میں ہونے والے چھوٹے چھوٹے واقعات، چھوٹی چھوٹی باتیں سناتی ہیں۔ ان کے کردار جانوروں کے ہیں اور اصل قصہ دو لومڑیوں کی زبانی بیان کیا گیا ہے جن کے نام "کلیلہ" اور "دمنہ" ہیں۔ ان دونوں لومڑیوں کی زبانی کہانیوں کا سلسلہ چلتا ہے۔ جن کی تعداد تقریباً سو ہے اور ان میں خوبصورت انداز میں سیاست، حکومت اور اخلاق کے سبق دیے گئے ہیں۔ اس لیے ضرورت محسوس ہوئی کہ آج — جب ہمارے بچوں اور نوجوانوں کے لیے نصیحتوں کا کوئی سلسلہ خاص طور پر موجود نہیں ہے انھیں اس قسم کی کہانیوں سے واقف کرایا جائے۔ اسی مقصد سے یہ کتاب ترتیب دی گئی ہے۔

جیسا کہ اوپر بیان کیا جا چکا ہے کہ "انوارِ سہیلی" تقریباً سنو کہانیوں پر مشتمل ہے اور یہ کہانیاں ایک دوسرے کے ساتھ اتنی جڑی ہوئی ہیں کہ ان کو الگ کرنا دشوار ہے۔ پھر بھی کچھ کہانیاں ایسی ہیں جو مختصر ہیں اور اپنی الگ حیثیت بھی رکھتی ہیں اور ساتھ ساتھ ان میں کوئی نصیحت یا سبق بھی چھپا ہوا ہے۔ اس کتاب میں ایسی ہی کہانیوں کو لیا گیا ہے۔ امید ہے بچے اور نوجوان اسے پسند کریں گے۔

(ڈاکٹر رفیعہ شبنم عابدی)

ملا حسین واعظ کاشفی

ملا حسین واعظ کاشفی کا پورا نام مولوی کمال الدین حسین تھا۔ وہ علی واعظ کاشفی کے لڑکے تھے اور تیمور کے پڑپوتے سلطان حسین مرزا کے زمانے میں مشہور ہوئے۔ سلطان حسین مرزا اس وقت خراسان کا بادشاہ تھا۔ ملا حسین کاشفی کی تاریخ پیدائش کا صحیح پتہ اب تک نہیں چل سکا ہے اور ان کے حالات زندگی کے متعلق بھی بہت کم معلومات ملتی ہیں۔ وہ ہرات میں ایک معزز عہدے پر فائز رہے اور 30، جون سنہ 1905ء کو انتقال کیا۔

ملا حسین واعظ کاشفی بہت سے علوم جانتے تھے۔ اسی لیے انھوں نے مختلف موضوعات پر کتابیں لکھی ہیں۔ خاص طور پر وہ علمِ نجوم سے بخوبی واقف تھے شاعری سے بھی انھیں بے حد دلچسپی تھی اور اسی کے ذریعے وہ شاہی دربار تک پہنچے اور سلطان مرزا نے ان کی قابلیت سے خوش ہو کر انھیں اپنے دربار میں جگہ دی سلطان حسین مرزا بڑا علم دوست بادشاہ تھا۔ اس کے دربار میں اس زمانے کے مشہور شاعر جامی اور مشہور

مصور بہزاد بھی موجود تھے۔ اس کا دربار ایشیا میں علم و فضل کا مرکز سمجھا جاتا تھا اور بابر کے قول کے مطابق "ساری دنیا بھی اس وقت ہرات کی برابری نہیں کر سکتی تھی۔" اس کا دربار علماء و فضلاء سے بھرا رہتا تھا۔ مشہور تاریخ نویس خوندمیر اس کا مصاحب اور امیر علی شیر اس کا وزیر تھا۔ وہ خود بھی ایک اچھا شاعر اور ادیب تھا اور شاعروں اور ادیبوں کی پرورش بھی کرتا تھا۔ اس لیے کوئی تعجب کی بات نہیں کہ اس کے دور میں کاشفی نے کافی علمی کام کیا اور بے شمار کتابیں لکھیں جن میں سے ایک "انوارِ سہیلی" بھی ہے۔ چونکہ یہ کتاب سلطان حسین مرزا کے سپہ سالار امیر نظام الدین احمد سہیلی کی فرمائش پر لکھی گئی اس لیے کاشفی نے اس کا نام "انوارِ سہیلی" رکھا۔ اردو میں وقتاً فوقتاً اس کے کئی ترجمے ہوئے۔ زیر نظر کتاب میں شامل کہانیاں بھی "انوارِ سہیلی" سے ماخوذ ہیں لیکن ترجمہ کرنے کی بجائے اسے آزادانہ تحریر کیا گیا ہے۔

انوارِ سہیلی کے بارے میں

"انوارِ سہیلی" ایک مشہور اخلاقی اور ادبی کتاب ہے جو اشاعت کے بعد سے آج تک مسلسل فارسی کی مشہور کتابوں میں شمار ہوتی آئی ہے۔ یہ کتاب مختلف ناموں سے مشہور ہے۔ مثلاً 1۔ کلیلہ ودمنہ۔ 2۔ حکایات بیدپائی یا پیل پائی۔ 3۔عیارِ دانش وغیرہ۔ یہ کتاب ہندوستان کے بادشاہ رائے دابشلیم کی فرمائش پر اس کے دور کے مشہور فلسفی بیدپائی جسے پیل پائی یا ویدیا پتی بھی کہا جاتا ہے، نے لکھی۔ جس میں چھوٹی چھوٹی حکایتیں ہیں اور ان میں اپنا مقصد اشاروں میں بیان کیا گیا ہے چھوٹی چھوٹی حکایتوں اور قصوں کا یہ سلسلہ تقریباً سو کہانیوں پر پھیلا ہوا ہے۔ ان میں اکثر پرندوں اور جانوروں نے اہم کردار ادا کیے ہیں اور انھیں کی زبانی نصیحتیں کی گئی ہیں۔ اس کا سب سے بڑا سبب بادشاہ کی ناراضگی کا خوف تھا۔ اس لیے بیدپائی نے کہانیوں کے ذریعے نصیحت کی ہے۔ البتہ کہیں کہیں صاف الفاظ میں بھی بات کہہ دی ہے۔

اس کتاب کا ترجمہ سب سے پہلے قدیم پہلوی اور تبتی زبان میں ہوا۔ پھر عربی قدیم، شامی، اسپینی، لاطینی، عبرانی، فارسی، یونانی، قدیم سلاونی، اطالوی، ترکی فرانسیسی، انگریزی، جرمنی اور ڈچ وغیرہ جیسی زبانوں میں اس کے بہت سے ترجمے ہوئے۔ یوں اس کتاب کے ترجمے تقریباً دنیا کی تمام زبانوں میں ہوئے۔ خصوصاً عربی اور فارسی میں اسے کئی بار نظم کیا گیا۔ بعض منظوم ترجمے تو اب دستیاب نہیں ہیں، البتہ بعض موجود ہیں۔ "انوارِ سہیلی" کے بہت سے نسخے پہلے ہندوستان میں شائع ہوئے اور پھر ایران اور دوسرے ملکوں میں دوبارہ شائع کیے گئے۔

وجہِ تصنیف:۔

اس کتاب کی وجہ تصنیف کے بارے میں مشہور ہے کہ ہندوستان کے بادشاہ پورس کو شکست دینے کے بعد فاتح اعظم سکندر نے اپنے ایک امیر کو یہاں کی حکومت سونپی۔ لیکن بہت جلد یہاں بغاوت ہو گئی اور عوام نے نئے حکمران کو تخت سے اتار کر اس کی جگہ پرانے بادشاہ کے ایک وارث کو تخت نشین کروادیا جس کا نام دابشلیم تھا۔ نیا بادشاہ بہت جلد اپنی سختیوں کی وجہ سے نامقبول اور بدنام ہو گیا۔ ایک برہمن فلسفی بید پائی نے بادشاہ کو صحیح راستے اور انصاف پسندی کی طرف لانے کا بیڑہ اٹھایا۔ اس کام میں اس کے شاگردوں نے اس کا بھرپور ساتھ دیا۔ وہ بادشاہ کی خدمت میں حاضر ہوا اور اپنے خیالات کا اظہار کیا۔ بادشاہ اس کی باتیں سن کر بھڑک اٹھا اور اسے قتل کردینے کا حکم دیا۔ لیکن بعد میں کچھ سوچ کر قیدِ سخت

کی سزا سنائی۔

ایک رات جب بادشاہ بے خوابی کا شکار تھا اور ستاروں اور سیاروں کی گردش کے متعلق غور کر رہا تھا کہ اچانک حکیم بید پائی کا خیال آیا، اور اپنی ناانصافی کا احساس ہوا۔ فوراً بید پائی کو قید سے آزاد کر کے اپنا وزیر بنا لیا۔ اس دوران میں حکیم بید پائی نے اپنا فرصت کا وقت حکومت کا دستور لکھنے میں بتایا اور اس طرح بادشاہ کی رہنمائی کی۔ دابشلیم نے یہ محسوس کیا کہ اکثر بادشاہ کے نام اپنے دور کی کسی مشہور کتاب کی وجہ سے باقی رہ گئے۔ اس کی بھی خواہش ہوئی کہ اس کے دور میں بھی کوئی ایسی کتاب لکھی جائے جس میں اس کا ذکر ہو اور وہ ہمیشہ کے لیے امر ہو جائے۔ اس نے اپنی اس خواہش کا اظہار بید پائی کے سامنے کیا۔ بید پائی نے ایسی کہانیاں لکھ کر جو بادشاہوں کے لیے سبق آموز تھیں، یہ کام آسان کر دیا اور ایک سال میں کتاب مکمل کر لی۔ اس کے بعد اپنے عہدے سے سبکدوش ہو کر ایک شاگرد کے ساتھ علمی کام میں مصروف ہو گیا اور سارا مواد چار بابوں میں نقل کروایا۔ ہر باب ایک سوال اور اس کے جواب کے متعلق ہے۔ یہ کتاب "کارتکادمنکا" یا "کلیلہ دمنہ" کہلاتی ہے۔ کتاب کے مکمل ہونے پر بادشاہ نے اسے انعام واکرام دیا۔ بید پائی نے اسے لینے سے انکار کر دیا۔ صرف اس خواہش کے ساتھ کہ اس کی کتاب محفوظ رکھی جائے گی۔ یہ کتاب بعد میں کسی طرح ایرانیوں کے ہاتھ لگ گئی۔

کہا جاتا ہے کہ جب ایران کے بادشاہ نوشیرواں نے اس کتاب کے متعلق

سنا تو ایک طبیب کے ذریعے جس کا نام برزویہ تھا اس کتاب کی جلد حاصل کی اور شاہی خزانے میں جمع کردی۔ برزویہ اسے تیزی سے ترجمہ کرتا رہا۔ بادشاہ نے اسے انعام دینا چاہا لیکن اس نے بھی اس شرط پر لینے سے انکار کردیا کہ اس کا تذکرہ شیر اور بیل کی کہانی والے باب سے پہلے کیا جائے گا۔ وزیر بزرجمہر نے اس کی درخواست قبول کرلی اور اپنے عہدے سے سبکدوش ہونے کے بعد اس نے برزویہ کی زندگی پر بھی ایک کتاب لکھی۔ پہلوی زبان کا یہ ترجمہ اب موجود نہیں ہے لیکن اس کو عربی میں نقل کیا گیا اور سب سے پہلے ابوالمظفر بہرام شاہی غزنوی کے عہد میں "کلیلہ و دمنۂ بہرام شاہی" کے نام سے ترجمہ کیا گیا۔ اسے "کلیلۂ ابوالمعالی" بھی کہتے ہیں۔ یہ ترجمہ چھٹی صدی عیسوی کے مشہور دانشمند ابوالمعالی نصراللہ بن محمد نے کیا ہے اور ابن مقفع کی عربی کتاب کے سہارے لکھا گیا ہے۔ ملا حسین واعظ کاشفی نے بھی اسی انداز میں انوارِ سہیلی لکھی۔

کاشفی نے اپنے مقدمے میں کتاب کے متعلق لکھا ہے کہ "عام طور پر جو لوگ شاہی فرمائش پر کتابیں لکھتے ہیں وہ اتنی مشکل زبان استعمال کرتے ہیں جسے عوام سمجھ نہیں پاتے۔ اس لیے میں نے ضرورت محسوس کی کہ ایسی کتاب لکھی جائے جسے لوگ پسند کریں اور اس سے فائدہ اٹھا سکیں۔

ابوالمعالی کی کتاب عربی الفاظ، اشعار اور ضرب الامثال سے بھری ہوئی ہے اس لیے اس کا سمجھنا مشکل ہو جاتا ہے۔ ملا حسین واعظ کاشفی نے عربی کے بدلے

فارسی اشعار اور سادہ زبان استعمال کی ہے تاکہ کتاب عام لوگوں کی سمجھ میں آسکے یہی وجہ ہے کہ کاشفی کی کتاب کی عبارت سادہ ہے۔ اس میں فارسی کے بہت سے اشعار توجہ کھینچتے ہیں۔ اس لیے اس کتاب نے زیادہ شہرت اور مقبولیت حاصل کی اور اس کے بعد آنے والے ادیبوں نے اسی کے انداز میں کتابیں لکھیں۔

کاشفی نے تقریباً ایک سو حکایتیں بیان کی ہیں، جو "کلیلہ دمنہ" میں موجود ہیں۔

تلوار کی طاقت

زمانۂ قدیم میں ایک عیال دار شخص تھا اور کثرتِ اولاد کی وجہ سے بے حد تنگ دستی میں بسر کرتا تھا۔ جتنا کماتا تھا، اتنا خرچ ہوجاتا تھا۔ کچھ پس انداز نہ ہوتا تھا خوش قسمتی سے اسے ایک بیٹا پیدا ہوا جس کی پیشانی سے اقبال مندی کے آثار نمایاں تھے۔ اس کے قدموں کی برکت سے باپ کی حالت بدل گئی اور اس کی کمائی میں اضافہ ہونے لگا۔ یعنی اسے تجارت میں دوگنا تگنا فائدہ ہوا۔ والدین اس اقبال مند بیٹے کی پرورش میں دل وجان سے مصروف رہتے تھے۔ یہاں تک کہ وہ تعلیم و تربیت کے قابل ہوا لیکن اس عمر میں بھی اس کا کھیل صرف تلوار بازی تھا۔ جب اسے مکتب میں بٹھایا گیا تو سب سے پہلے جو حرف اس کی زبان پر آیا وہ الف ب کی بجائے تیرو کمان تھا۔ ہر ممکن طریقے سے اسے مکتب کی تعلیم دینے کی کوشش کی گئی اور پڑھنا لکھنا سکھایا گیا لیکن وہ اس کا جواب نیزوں تلواروں اور تیروں میں دیتا رہا۔ جب کوئی اسے پڑھاتا تھا تو لفظوں کی سطروں میں اسے تلوار ہی کا تصور ابھرتا تھا اور ہر سبق کا مطلب وہ

حکومت اور جہانگیری ہی سمجھتا تھا۔ جب اسے نظم و نثر کے نقش و نگار سکھائے جاتے تو وہ اسے سپر اور ڈھال کے نقش و نگار تصور کرتا۔ اس کا باپ یہ حال دیکھ کر بڑا پریشان تھا۔ مگر کچھ سمجھ میں نہ آتا تھا۔ جب اس نے جوانی کی سرحدوں میں قدم رکھا تو ایک دن باپ نے اس سے کہا—

"بیٹا! میں بچپن سے تمہیں دل و جان سے چاہتا ہوں لیکن اب تم جوان ہو گئے ہو اور جوانی اور بچپن میں بہت فرق ہوتا ہے۔ ابتدا ہی سے تم میں شوخی اور دلیری کے آثار نمایاں تھے۔ میں چاہتا ہوں کہ تمہاری بھلائی کے لیے کچھ کروں تاکہ تم دنیا میں کوئی نقصان نہ اٹھاؤ۔ اب مصلحت اسی میں ہے کہ تمہارا نکاح ایک خوبصورت اور شریف اور نیک لڑکی سے کردوں۔ تاکہ تم بری صحبتوں اور گناہوں سے بچے رہو۔ میں نے اس قدر سامان جمع کر لیا ہے کہ ہمارے قبیلے کی کسی بھی لڑکی سے تمہاری شادی دھوم دھام کے ساتھ ہو سکے اور تم عمر بھر آرام سے گذر بسر کر سکو۔ اس بارے میں تمہاری کیا رائے ہے؟"

بیٹے نے جواب دیا— "اباجان! میں نے اپنی شادی کا اس سے بہتر سامان جمع کر لیا ہے اور اس سلسلے میں، میں آپ سے کسی قسم کی کوئی مدد نہیں چاہتا۔"

باپ نے کہا— "بیٹا! مجھے تمہارے بارے میں سب کچھ معلوم ہے۔ اب جلدی بتاؤ کہ وہ دولہن جس سے تم شادی کرنا چاہتے ہو وہ کہاں ہے؟ اور کس خاندان سے ہے؟"

لڑکا گھر میں گیا اور ایک تلوار جو حسینوں کے ابروؤں سے زیادہ خم دار تھی

لے آیا اور بولا ـــ

" ابا جان! میں حکومت و سلطنت کی حسینہ سے شادی کرنے کا خواہشمند ہوں اور اس کا مہر یہ تیز دھار تلوار، یہ نیزہ اور خنجر ہے اور محترم والد صاحب اگنا ہوں میں گرفتار رہنا جانوروں کا کام ہے۔ جس نے ہاتھ میں تلوار اٹھالی وہ ایسے۔ ذیل کام نہیں کرتا کیونکہ بہادر مردوں کو یہ زیب نہیں دیتا۔"

غرضیکہ اس کو حصولِ سلطنت کی خواہش تھی لہٰذا اس نے اپنی تلوار اور بہادری کے جوہر دکھائے اور اپنے مقصد میں کامیاب ہوا اور ایک دن ایک بڑی سلطنت کا مالک بن بیٹھا۔

بڑھیا اور بلّی

کسی ملک میں ایک بڑھیا رہتی تھی جو بہت ہی غریب تھی۔ اس کی جھونپڑی جاہلوں کے دماغ اور کنجوسوں کے دل کی طرح بے حد تنگ تھی۔ اس نے ایک بلی پال رکھی تھی جو اس کی واحد دوست تھی۔ مگر مفلسی کی وجہ سے بڑھیا اسے اس کی مرضی کے مطابق کھانا نہیں کھلا سکتی تھی۔ بلی مشکل سے روٹی کی شکل دیکھ پاتی تھی۔ کبھی کبھی وہ کسی سوراخ سے چوہے کی بو پاتی تھی تو اس کے قدموں کے نشانات دیکھ کر اپنی تسکین کر لیتی تھی۔ یا اتفاق سے کوئی چوہا اس کے ہاتھ آجاتا تھا تو کام چل جاتا تھا۔ اس وقت وہ اتنی خوش ہوتی تھی جیسے کسی بھکاری کو خزانہ مل جائے۔ لیکن اس وجہ سے وہ روز بروز لاغر اور کمزور ہوتی جا رہی تھی۔

ایک دن وہ بڑی مشکل سے بڑھیا کے گھر کی چھت پر چڑھی۔ اس کی نظر پڑوسی کی دیوار پر بیٹھی ہوئی ایک موٹی تازی بلی پر پڑی جو کسی شیرنی سے کم نہ نظر آتی تھی اور موٹاپے کی وجہ سے بمشکل چل پھر سکتی تھی۔ جب اس نے اتنی موٹی تازی بلی دیکھی تو

حیران رہ گئی اور چلا کے کہا۔

"اے بہن! کیا بات ہے جو تم اتنی صحت مند ہو۔ کیا تم کسی رئیس کی مہمان ہو؟ یا تمھاری صحت کا راز کچھ اور ہے؟

پڑوسی کی بلی نے جواب دیا۔

"میں ہر صبح بادشاہ کی بارگاہ میں حاضر رہتی ہوں اور جب دسترخوان بچھایا جاتا ہے تو بہت جرأت اور ڈھٹائی کے ساتھ گوشت کی بوٹیوں اور میدے کی روٹیوں پر جھپٹا مار کر بھاگ جاتی ہوں اور اسے کھا کر مطمئن رہتی ہوں۔"

بڑھیا کی بلی نے کہا۔ "گوشت کی بوٹیاں کسے کہتے ہیں؟ اور میدے کی روٹیاں کیسی ہوتی ہیں؟ میں نے تو ایک مدت دراز سے سوائے دال اور سوکھی روٹیوں کے اور کبھی کبھی ایک آدھ چوہے کے اور کچھ دیکھا نہ چکھا۔"

پڑوسی کی بلی مسکرائی اور بولی۔

"تجھ میں اور ایک مکڑی میں کوئی فرق نظر نہیں آتا۔ ہم بلیوں کی ذات میں تجھ جیسی مریل اور سوکھی ساکھی بلی کوئی دکھائی نہیں دیتی۔ مجھے تو تجھے دیکھ کر شرم آتی ہے۔ تیرے کان اور تیرا چہرہ تو بلی جیسا ہے لیکن ہاتھ پاؤں مکڑی کی طرح۔ اگر تو بادشاہ اور اس کا دسترخوان دیکھے اور اس کے لذیذ کھانوں کی خوشبو سونگھے تو ممکن ہے کہ خدا تجھے ایک نئی زندگی عطا کرے۔"

بڑھیا کی بلی نے کہا:۔ "اے بہن ایک پڑوسی اور ہم جنس کے ناطے میرا بھی

تجھ پر کچھ حق ہے اور اگر تو شرطِ محبت اور مروّت بجا لائے تو مجھے بھی اس مصیبت سے نجات دلا سکتی ہے۔ شاید کہ تیری بدولت میں بھی توانائی حاصل کروں اور تیری دوستی کے طفیل ایک نئی زندگی پاؤں۔"

پڑوسی کی بلی نے جب بڑھیا کی بلی کی یہ آہ وزاری سنی تو اس کا دل پسیج گیا اور اسے اس پر رحم آگیا اور وعدہ کیا کہ تیرے بغیر آج دسترخوان پر حاضری نہ ہوگی۔ بڑھیا کی بلی اس وعدے کو سُن کر بہت خوش ہوئی۔ چھت سے کود کر نیچے آئی اور بڑھیا سے تمام ماجرا کہہ سنایا۔ بڑھیا نے نصیحت کی۔

"اے میری پیاری بلی! دنیا والوں کی باتوں میں نہ آ اور گوشۂ قناعت کو اپنے ہاتھ سے مت گنوا، کیونکہ حرص کا برتن سوائے خاکِ قبر کے اور کسی سے نہیں بھرتا اور خواہش کا چاک فنا کی سوئی اور اجل کے دھاگے کے بغیر رفو نہیں کیا جا سکتا۔"

بلی کے دل میں سلطان کے دسترخوان کی لالچ اس قدر سما چکی تھی کہ بڑھیا کی نصیحت کارگر نہ ہوئی۔

دوسرے دن پڑوسی کی بلی کے ساتھ خوشی خوشی بادشاہ کے دسترخوان پر پہنچی اور اس سے قبل کہ کھانے کا مزہ لوٹتی، اس کی بدقسمتی نے رنگ دکھایا۔ گذشتہ روز چونکہ بہت سی بلیوں نے سلطان کے دسترخوان پر ہجوم کر دیا تھا اور میاؤں میاؤں کا شور مچا رکھا تھا، جس کی وجہ سے مہمان اور میزبان دونوں پریشان ہو گئے تھے بادشاہ نے یہ حکم دیا کہ تیرانداز اپنی کمان سمیت کمین گاہ میں تیار

بیٹھیں اور جیسے ہی کوئی بلّی دستر خوان کی طرف جھپٹے اس پر تیر چلائیں۔ بڑھیا کی بلی اس صورت حال سے ناواقف تھی۔ جیسے ہی اس کی ناک میں کھانوں کی لذیذ خوشبو پہنچی، وہ بے قرار ہو کر دیوانہ وار دستر خوان پر ٹوٹ پڑی اور ابھی لقمہ اس کے حلق تک پہنچا بھی نہ تھا کہ ایک دل شگاف تیر نے اس کا سینہ چھلنی کر دیا اور وہ وہیں ڈھیر ہو گئی۔

سچا سردار کون؟

بصرہ کے پاس ایک جزیرہ تھا جس کی آب و ہوا بے حد خوشگوار تھی اور وہاں ایک جنگل تھا جہاں صاف و شفاف پانی کے چشمے ہر دم رواں دواں تھے اور ٹھنڈی ٹھنڈی ہوائیں ہر دم چلتی رہتی تھیں۔ اس فرحت افزا جنگل میں ایک چیتے کی حکومت تھی جو بڑا دلیر اور طاقتور تھا۔ دور دور تک بہادری میں کوئی اس کا ثانی نہیں تھا۔ یہاں تک کہ بڑے بڑے شیر بھی اس کا نام سن کر کانپتے تھے اور وہاں سے گذرنے کی ہمت نہ کرتے تھے۔ ایک عرصہ تک وہ اس جنگل میں حکومت کرتا رہا اور کبھی اسے کسی قسم کی ناکامی کا سامنا نہ کرنا پڑا۔ اس کا ایک بچہ تھا جو نہایت خوبصورت اور نیک تھا۔ اس کو دیکھ کر چیتا بے حد خوش ہوتا تھا اور دعا مانگتا تھا کہ اگر یہ بچہ ایک سال کا ہو کر اپنے ناخن اور دانت شیروں کے خون سے رنگ لے گا تو میں اس جنگل کی حکومت اسے سونپ کر باقی عمر گوشۂ قناعت میں، خدا کی یاد میں گذار دوں گا۔ ابھی اس کی یہ دعا قبول بھی نہ ہو پائی تھی کہ اسے موت کا پیغام آگیا اور تمام آرزوئیں خاک ہو گئیں۔ جیسے ہی

وہ چیتا موت کے پنجے میں گرفتار ہوا، وہ تمام جانور جو ایک عرصۂ دراز تک سے اس جنگل میں حکومت کرنے کے خواہش مند تھے ایک ساتھ حملہ آور ہوئے۔ چیتے کے بچّے نے جب یہ دیکھا کہ میں ان سب کا مقابلہ نہ کر سکوں گا تو اس نے جنگل چھوڑ دیا اور جانوروں میں آپس میں خوب زوردار لڑائی ہوئی اور آخر کار ایک خطرناک اور خوں ریز شیر نے سب پر فتح پائی اور اس جنگل پر قبضہ کر لیا اور وہاں حکومت کرنے لگا۔ چیتے کا بچہ جنگلوں جنگلوں بھٹکتا ہوا بڑی مشکل سے ایک بیابان میں پہنچا اور وہاں کے جانوروں کو اپنی رام کہانی سنا کر ان سے مدد چاہی انھوں نے جب اس خونخوار شیر کا ذکر سنا تو اس کی مدد سے انکار کر دیا اور کہا۔۔۔

"اے نادان جس کے ڈر سے پرندہ بھی پر نہیں مار سکتا ہے اور ہاتھی بھی وہاں جاتے ہوئے ڈرتا ہے، ہم جیسے کمزور اس کا مقابلہ نہیں کر سکتے اور تو بھی اس چکر میں مت پڑ۔ ہماری رائے یہ ہے کہ اس کے حضور میں جا کر دل و جان سے اس کی خدمت گذاری کر۔ ممکن ہے تیری خدمت شیر کو پسند آجائے۔"

چیتے کے بچّے کو جانوروں کی یہ صلاح پسند آئی اور اس نے اسی میں بہتری سمجھی کہ شیر کی خدمت کی جائے۔ لہٰذا بڑی عاجزی کے ساتھ اس کی ملازمت اختیار کی اور اس کی خدمت کرنے لگا۔ یہاں تک کہ تھوڑے ہی عرصے میں اس شیر کا منظورِ نظر ہو گیا اور ارکانِ دولت میں شمار ہونے لگا دوسرے امراء اس سے حسد کرنے لگے۔

اتفاقاً ایک دن شیر کو گرمی کے شدید موسم میں دور کا سفر درپیش ہوا یخت گرمی کی وجہ سے جانوروں کی ہڈیاں جل رہی تھیں اور بھیجا پک رہا تھا شیر ہچکچا رہا تھا کہ اس موسم میں مہم پر جاؤں یا نہ جاؤں۔ وہ سوچ رہا تھا کہ اگر میں اس مہم پر نہ جاؤں گا تو میری سلطنت کی دھاک ختم ہو جائے گی اور اگر ایسے وقت میں کسی کو حکم دوں گا تو کون ایسا ملازم ہے جو اس گرمی میں پریشانی مول لینے کو تیار ہو گا اور بخوشی اس مہم کو قبول کرے گا۔ اور اگر مجبوراً گیا بھی تو اس سے کیا ہو سکے گا۔ وہ اسی فکر میں غرق تھا کہ چیتے کے بچے نے سمجھ لیا کہ شیر پریشان ہے۔ زمین بوس ہو کر کہا۔

"جہاں پناہ کی عمر دراز ہو۔ ایسی کونسی پریشانی لاحق ہے جس کی وجہ سے آپ اتنے اداس نظر آ رہے ہیں؟ ہم جیسے سرفروش اور جانباز آخر کس لیے اور کس دن کے لیے ہیں؟"

شیر نے اپنا حال بیان کیا اور چیتے نے بخوشی اس مہم پر جانا قبول کر لیا اور ایک فوج کے ہمراہ روانہ ہوا۔ وہاں پہنچ کر اپنی جوانمردی اور ہمت سے دشمنوں کو قتل کر کے اس جنگل پر قبضہ کر لیا۔ جو سپاہی اس مہم میں اس کے ساتھ تھے انہوں نے اتفاق رائے سے کہا۔

"اس شدت کی گرمی میں خدا نے آپ کو کامیاب کیا ہے اور اب کوئی خطرہ باقی نہیں رہا۔ لہٰذا کچھ دیر درخت کے سائے میں آرام کریں اور ٹھنڈے پانی سے اپنی پیاس بجھائیں۔ جب گرمی کم ہو گی روانہ ہو جائیں گے۔"

چیتے کے بچّے نے مسکرا کر کہا۔ "میں جہاں پناہ کے نزدیک محض اس لیے منظورِ نظر ہوں کہ میں نے جفاکشی کو پسند کیا ہے۔ لہٰذا یہ زیب نہیں دیتا کہ میں بھی کاہلوں کی طرح تن آسانی اور سُستی کا مظاہرہ کروں۔ اس لیے کہ تن آسانی ہمیشہ پشیمانی کا سبب بنتی ہے۔ جس نے محنت اور ہمّت پر کمر باندھی وہ کبھی اپنی منزلِ مقصود سے دور نہیں ہا اور جنہوں نے عیش و راحت کو دوست رکھا وہ کبھی اپنا مقصد نہ پا سکے۔ بادشاہ نے ہم کو مشقّت کا حکم دیا ہے لہٰذا نمک خواری کی شرط یہ ہے کہ اس کے حکم کے بغیر آرام نہ کریں۔ اس وقت سورج کی گرمی، ہُما کے سائے سے بہتر ہے۔"

بادشاہ کے جاسوسوں نے یہ خبر حرف بہ حرف اس تک پہنچا دی۔ شیر نے یہ سُن کر دادِ تحسین دی اور کہا۔

"سرداری اور سروری ایسے ہی شخص کو زیب دیتی ہے جو محنت سے دل نہ چرائے اور آرام نہ کرے اور اپنے آقا سے نمک حرامی یا بے وفائی نہ کرے۔

اس کے بعد چیتے کے بچے کو بلا کر اسے انعام و اکرام سے نوازا اور اس جنگل کی حکومت اس کے سپرد کر دی۔

چاند کا سفر

ایک بار ہاتھیوں کی سلطنت میں زبردست قحط پڑا۔ یہاں تک کہ وہ پانی کے ایک قطرے کے لیے ترس گئے۔ تمام ہاتھی پیاس سے تڑپتے ہوئے بادشاہ کے پاس فریاد لے کر آئے۔ بادشاہ نے حکم دیا کہ " جلد از جلد چاروں طرف کارندے بھیجے جائیں۔ اور جہاں شادابی اور پانی ہو، وہاں کی خبر لائیں"۔ کچھ ہاتھی اس ملک کے چاروں طرف چشمے کی تلاش میں نکلے اور ایک چشمے پر پہنچے جو " چاند کا چشمہ " کے نام سے مشہور تھا۔ وہاں ایک گہرا کنواں تھا جس میں بے انتہا پانی تھا۔ ہاتھیوں کا بادشاہ اپنے تمام لشکر اور شان و شوکت کے ساتھ اس چشمے کا پانی پینے کے لیے روانہ ہوا۔ اس چشمے کے کنارے چند خرگوش رہتے تھے۔ جنہیں ہاتھیوں سے بڑی تکلیف پہنچتی تھی۔ کیونکہ وہ اکثر ہاتھیوں کے پاؤں تلے کچلے جاتے تھے۔

جب خرگوشوں کو یہ خبر ملی تو وہ سب مل کر اپنے بادشاہ کے پاس گئے اور کہا— "ایک عادل بادشاہ مظلوموں کی داد رسی کرتا ہے، اور اُن کی فریاد سُنتا ہے، نہ کہ عیش و عشرت میں مصروف رہتا ہے۔ اب وقت آگیا ہے کہ آپ ہماری فریاد سنیں اور انصاف کریں۔ کیونکہ ہماری قوم میں بہت سے مارے گئے اور جو بچ گئے ہیں، اُن میں سے کچھ زخمی اور کچلے ہوتے ہیں، اور ان میں سے بھی جو بچ گئے ہیں، وہ موت کے خوف سے ہراساں ہیں۔"

بادشاہ نے کہا— "یہ بات معمولی نہیں کہ بس سُنا اور فیصلہ دے دیا۔ اس پر غور کرنا ضروری ہے۔ تم میں سے جو عقل مند ہے وہ میرے پاس آئے اور فیصلہ دے۔ کیونکہ ایسے معاملات میں بغیر مشورے کے حکم کرنا بے وقوفی ہے۔"

خرگوشوں میں ایک بے حد عقل مند تھا۔ اُسے بہزور کہتے تھے۔ سب خرگوش اُس کی عقلمندی کی تعریف کرتے تھے۔ اُس نے کھڑے ہوکر کہا— "اگر مناسب سمجھیں تو مجھے اپنے سفیر کے طور پر ہاتھیوں کے بادشاہ کے پاس بھیجیں اور ایک گواہ ساتھ کیجیے تاکہ میں جو کچھ کہوں اور کروں اُسے دیکھے اور سنے۔"

بادشاہ نے کہا— "مجھے تمہاری یہ رائے پسند آئی اور مجھے تم پر

اعتماد ہے۔ تمہارے لیے کسی گواہ کی ضرورت نہیں۔ تم فوراً جاؤ اور جو مناسب سمجھو کرو، کیونکہ سفیر بادشاہ کی زبان ہوتا ہے اور اُس کی گفتار اور کردار سے بادشاہ کے کردار اور گفتار کا اندازہ ہوتا ہے۔"

بہزور نے کہا۔ "جہاں پناہ! حالانکہ میں اس فن سے واقف ہوں۔ پھر بھی اگر آپ اپنے تجربے اور عقل سے کچھ بتانا چاہیں تو میں سننے کو تیار ہوں۔"

بادشاہ نے کہا۔ بہترین طریقہ یہ ہے کہ سفیر کی زبان تلوار کی طرح تیز ہونی چاہیئے لیکن اُس کی خوبی ملائمت اور نرمی ہے۔ ہر بات جو دوسری جانب سے سختی سے کی جائے، اُس کا جواب نرمی سے دیا جائے اور اِس پر بھی سامنے والا اگر نرمی نہ برتے تو پھر نرمی کے پردے میں ایسی تیزی دکھائی جائے کہ وہ خوف زدہ ہوجائے اور اس پر یہ بات واضح ہوجائے کہ یہ شخص کسی قسم کی دشمنی نہیں رکھتا لیکن دشمن کا جواب دینے میں ماہر ہے۔"

بہزور بادشاہ کی خدمت بجالایا اور دربار سے نکل آیا۔ وہ رات ہونے کا انتظار کرتا رہا۔ جب اندھیرا بڑھنے لگا اور چاند طلوع ہوا تو چاندنی ہر طرف پھیلنے لگی تو وہ ہاتھیوں کے جزیرے میں گیا اور یہ سوچ کر خوف زدہ ہوا کہ ان ظالموں سے میری جان کو خطرہ ہے۔ حالانکہ وہ لوگ اس کا ارادہ نہیں رکھتے۔ پھر بھی دُور اندیشی اسی میں ہے کہ میں ظالموں اور

قاتلوں سے ملاقات نہ کروں۔ کیونکہ میرے ہزاروں بھائی اُن کے قدموں تلے کچلے جاچکے ہیں۔ بہتر یہی ہے کہ میں اُونچائی پر جاؤں اور وہاں سے اپنا پیغام سناؤں تاکہ اگر اُنھیں قبول ہو تو بڑی خوشی کی بات ہے اور اگر قبول نہ ہو تو کم ازکم میری جان تو سلامت رہے گی۔"

بہزور نے ٹیلے پر سے ہاتھیوں کے بادشاہ کو آواز دی اور کہا۔۔۔۔

"میں چاند بادشاہ کا سفیر ہوں اور اس کا پیغام سنانے آیا ہوں۔ شاید میری بات تمھیں ناگوار گزرے مگر میں مجبور ہوں۔ کیونکہ بادشاہ نے جو پیغام بھجوایا ہے میں اپنی طرف سے اس میں کوئی کمی بیشی نہیں کرسکتا۔ تم جانتے ہو کہ چاند اندھیروں کا شہنشاہ ہے اور دن کے بادشاہ کا وزیر۔ اگر کوئی اس کے خلاف جائے گا اور اُس کی بات نہیں سنے گا تو اپنے پاؤں پر آپ کلہاڑی مارے گا اور خود ہی اپنی ہلاکت کا سبب بنے گا۔"

یہ سُن کر ہاتھیوں کا بادشاہ باہر آیا اور کہا۔۔

"بتاؤ کیا پیغام ہے؟"

بہزور نے کہا۔۔ "بادشاہ چاند کہتا ہے کہ جو کوئی اپنی شان وشوکت پر اِتراتا ہے اور اپنی طاقت اور توانائی کا غرور کرتا ہے۔ کمزوروں کو اپنے پاؤں تلے روند کر خوش ہوتا ہے، وہ دراصل خود اپنی موت کا سبب بنتا ہے کیونکہ اپنے غرور اور طاقت کے زعم میں ایک دن وہ خود ہلاک ہوگا۔

وہ کون گستاخ ہے جو یہاں تک آگے بڑھ آیا ہے کہ اب ہمارے چشمے کا ارادہ کیا ہے اور اپنا لشکر وہاں لے آیا ہے اور اس کے پانی کو گندہ کر دیا ہے۔ اگر وہ تم ہی ہو تو سُن لو۔ کیا تمہیں نہیں معلوم کہ اگر تیز رفتار عقاب بھی ہمارے چشمے پر منڈلاتا ہے تو اُس کے پر بھی جل جاتے ہیں۔ تمہاری کیا حیثیت ہے۔ میں نہایت نرمی سے تمہیں آگاہ کرتا ہوں کہ اگر تم اپنی اس حرکت سے باز آؤ گے تو آرام سے رہو گے اور اگر ایسا نہ کیا تو میں خود وہاں آ رہا ہوں تاکہ تمہیں ہلاک کروں۔ اگر تمہیں اس دھمکی پر یقین نہ ہو تو آؤ اور دیکھ لو کہ میں چشمے میں موجود ہوں۔ مجھے اپنی آنکھوں سے دیکھو اور پھر اس چشمے کے پاس بیٹھو تاکہ تمہیں اپنا انجام معلوم ہو سکے۔"

ہاتھیوں کے بادشاہ کو یہ بات عجیب سی لگی۔ فوراً وہ چشمے کے پاس آ گیا اور پانی میں جھانکا۔ وہاں چاند کا عکس موجود ہے۔

بہزور نے کہا۔۔۔ "ذرا سا پانی لے کر وضو کرو اور سجدۂ شکر ادا کرو کہ بادشاہ چاند نے تم پر رحم کیا ہے اور تم سے راضی ہے۔"

ہاتھیوں کے بادشاہ نے سُونڈ اُٹھائی اور جیسے ہی اُس کی سونڈ پانی میں ڈوبی، پانی میں ایک حرکت سی ہوئی۔ چاند کا عکس ہلا اور اسے ایسا لگا جیسے چاند حرکت کر رہا ہے اور اُس کی طرف آ رہا ہے۔ فوراً چلّایا۔۔۔

" اے چاند کے سفیر! تمہارا بادشاہ شاید میری اس حرکت سے ناراض

ہوگیا ہے اور اب مجھے ہلاک کرنے کے لیے اُس طرف آرہا ہے۔"

بہزور نے کہا۔" ہاں جلدی سے سجدہ کرو تاکہ اس کا غصہ کم ہو۔"

ہاتھی نے فوراً سجدہ کیا اور قبول کیا کہ اس کے بعد پھر یہاں کبھی نہیں آئے گا اور نہ ہی اپنے لشکر کو یہاں لائے گا۔"

بہزور اپنے بادشاہ کے پاس گیا اور اُسے یہ خبر دی۔ اس طرح تمام خرگوش محفوظ ہوگئے اور آرام سے رہنے لگے۔

حوصلہ مندی کا انعام

دو دوست تھے۔ ایک کا نام سالم تھا اور دوسرے کا غانم۔ ایک بار وہ دونوں ایک ساتھ سفر پر روانہ ہوئے اور ایک دوسرے کی ہمراہی میں کئی منزلیں اور مرحلے طے کرتے چلے گئے۔ اتفاقاً ان کا گزر ایک پہاڑی کے قریب سے ہوا جس کی چوٹی نیلگوں آسمان سے باتیں کر رہی تھی اور اس کے خوبصورت دامن میں ایک چشمہ بہہ رہا تھا جس کا پانی بے حد صاف و شفاف ٹھنڈا اور میٹھا تھا۔ اس چشمے سے لگا ہوا ایک بہت بڑا حوض تھا جس کے اطراف سایہ دار درختوں کی قطاروں کا سلسلہ دور تک پھیلا ہوا تھا۔ دونوں دوست خوفناک جنگل سے نکل کر اس خوبصورت مقام پر پہنچے اور جگہ کی دلکشی کو دیکھتے ہوئے وہاں آرام کرنے کی غرض سے رک گئے۔ کچھ دیر آرام کرنے کے بعد جب حوض کے آس پاس نظر کی تو اچانک حوض کے کنارے ایک سنگ سفید نصب کیا ہوا دکھائی دیا۔ جس پر چند سطریں خطِ سبز میں ایسے خوشخط انداز میں لکھی ہوئی تھیں کہ ان کی نگاہیں ٹھہر گئیں۔ عبارت یہ تھی۔

"اے مسافر! تم نے اس منزل کو اپنے قدموں سے شرف بخشا لہٰذا ہم تمہارا خیر مقدم کرتے ہیں۔ اپنے عزیز مہمان کے استقبال کے لیے ہم نے اس کے شایانِ شان اہتمام کیا ہے۔ لیکن شرط یہ ہے کہ وہ بے دریغ اس چشمے میں پاؤں ڈالے اور گرداب یا غرقاب ہونے کا خوف نہ کرے اور جس طرح ممکن ہو، چشمے کے اس پار پہنچے۔ وہاں پہاڑی کے دامن میں ایک پتھر کا وزنی شیر رکھا ہوا ہے، اسے اپنے کندھوں پر اٹھا کر بلا تامّل ایک سانس میں پہاڑی کے اوپر پہنچ جائے اور خونناک درندوں کا شکار ہونے یا خطرناک کانٹوں کے دامن گیر ہونے کا خوف نہ لائے اور ہمت نہ ہارے کیونکہ جب راستہ ختم ہوگا تو اس کی آرزو کا درخت مراد کا پھل لائے گا۔"

اس عبارت کو پڑھنے کے بعد غانم نے سالم کی طرف رخ کیا اور بولا "دوست! چلو ہم اس خطرناک راہ پر قدم رکھیں اور اس طلسم کو جاننے کی ہر ممکن کوشش کریں۔"

سالم نے جواب دیا۔

"میرے پیارے دوست! فقط اس تحریر کو پڑھ کر کہ جس کے لکھنے والے کا پتہ نہ ہو اور جس کے مفہوم کی حقیقت سے ہم ناواقف ہیں، خواہ مخواہ خطرہ مول لینا اور ایک خیالی فائدے کی لالچ میں پڑ کر اپنے آپ کو ہلاکت میں ڈالنا جہالت کی دلیل ہے۔ کوئی عقلمند زہر تریاق سمجھ کر نہیں کھاتا اور کوئی ہوشیار شخص آج کی محنت کا سرمایہ کل کی امید میں صرف نہیں کرتا۔"

غانم نے کہا "اے رفیق! آرام کی خواہش سستی اور کاہلی پست ہمتوں کا شیوہ ہے

اور خطروں سے کھیلنا خوش قسمتی اور اقبال مندی کی نشانی ہے۔ باہمت شخص گوشہ اور توشے پر قناعت نہیں کرتا بلکہ اس وقت تک کوشش سے باز نہیں آتا جب تک کہ منزلِ مقصود نہ پالے۔ خوشی کا پھول مصیبتوں کے کانٹوں کے بغیر حاصل نہیں ہوتا اور آرزوؤں کا خزانہ تکلیف کی چابی کے بغیر نہیں کھلتا۔ ہمت مجھے پہاڑی کی جانب کھینچ رہی ہے اور میں گردابِ بلا سے بے خوف وخطر گزرنے کو تیار ہوں۔

سالم نے جواب دیا۔

"تیری بات بجا ہے کہ دولت کی بہار مفلسی کی خزاں کے بعد ہی زیادہ مہکتی ہے۔ لیکن ایسی راہ میں قدم رکھنا کہ جس کا کوئی اختتام نہ ہو اور ایسے دریا میں تیرنا کہ جس کا کوئی کنارہ نہ ہو، عقل مندی نہیں۔ وہ شخص جو کسی کام کے آغاز سے پہلے اس کے انجام پر نظر رکھتا ہے اور نفع ونقصان کو عقل کے ترازو میں تولتا ہے، تاریخ میں بدنام نہیں ہوتا۔ اور اپنی عمر عزیز کو برباد نہیں کرتا۔ ممکن ہے کہ یہ عبارت مذاق کے طور پر لوگوں کو بے وقوف بنانے کے لیے لکھی گئی ہو اور ہو سکتا ہے کہ اس چشمے میں کوئی ایسا گرداب ہو کہ جس میں پھنس کر آدمی باہر ہی نہ نکل سکتا ہو۔ اور اگر بالفرض اس سے نجات تو ممکن ہے کہ پتھر کے اس شیر کا وزن ناقابل برداشت ہو اور وہ کندھوں پر اٹھایا نہ جا سکے۔ اور اگر یہ سب بھی ہو جائے تو کچھ معلوم نہیں کہ اس کا حاصل کیا ہوگا؟ میں اس معاملے میں تمہارا ساتھ نہیں دے سکتا اور تمہیں بھی اس بے وقوفی سے منع کرتا ہوں۔"

غانم نے کہا۔ "اس بات کو بھول جاؤ کہ میں اپنے ارادے سے باز آجاؤں گا۔ میں نے ارادہ کر لیا ہے کہ کسی خوف سے اس کام سے منہ نہ موڑونگا۔ میں یہ بھی جانتا ہوں کہ اس راہ میں تم میرا ساتھ نہ دوگے۔ بہرحال پھر بھی تم دور سے نظارہ کرو اور میری کامیابی کی دعائیں کرتے رہو۔"

سالم سمجھ گیا کہ غانم اپنے ارادے میں اٹل ہے۔ کہا:۔

" میرے بھائی! میں دیکھ رہا ہوں کہ تم اپنے ارادے کے پکے ہو اور اسے ترک کرنے کے لیے ہرگز تیار نہیں۔ میں تمہیں اس حال میں دیکھنے کی ہمت اپنے آپ میں نہیں پاتا کیونکہ یہ خود سے بلائی ہوئی تباہی اور بربادی میرے مزاج اور فطرت کے خلاف ہے۔"

اس نے بڑے افسوس کے ساتھ اپنے دوست سے رخصت لی اور روانہ ہوا۔ غانم اپنی جان کی پروا کیے بغیر چشمے کے کنارے آیا اور بغیر کسی پس و پیش کے اس کے پانی میں قدم ڈال دیے حالانکہ اسے پتہ تھا کہ یہ چشمہ اس کے لیے مصیبتوں کا باعث بھی ہو سکتا تھا لیکن وہ ہمت اور حوصلے کے ساتھ تیرتا ہوا دوسرے کنارے پر پہنچا۔ اپنی سانسیں درست کیں۔ پتھر کے وزنی شیر کو اپنی طاقت اور قوت سے پیٹھ پر لادا اور بڑی محنت اور مشقت سے ایک ہی سانس میں دوڑتے ہوئے پہاڑ کی چوٹی پر جا پہنچا۔ پہاڑی کے اس طرف ایک بہت بڑا شہر نظر آیا جس کی آب و ہوا بڑی دلکش اور خوشگوار تھی۔

غانم پہاڑ کی چوٹی پر کھڑا ہوا شہر کی جانب دیکھ رہا تھا کہ اچانک پتھر کے شیر میں سے ایک خوفناک دہاڑ نکلی۔ اتنی خوفناک کہ پہاڑ اور صحرا لرزنے لگے۔ یہ آواز اس

شہر میں پہنچی اور اس کو سنتے ہی بے شمار آدمی چاروں طرف سے نکل کر بے تحاشہ پہاڑ کی طرف بھاگنے لگے۔ یہاں تک کہ چوٹی پر پہنچ کر وہ غانم کے پاس آئے۔ غانم بڑی حیرت سے ان کو دیکھ رہا تھا۔ اس کی سمجھ میں کچھ بھی نہ آ رہا تھا۔ اچانک اس مجمع میں سے چند سر برآوردہ اور معزز افراد نے غانم کے حضور سلام کیا اور دست دعا بلند کیے۔ بعد التماس انسے ایک گھوڑے پر سوار کر کے شہر کی جانب لے چلے۔ عرق گلاب سے اسے غسل کروایا اور شاہانہ خلعت پہنائی اور بہت اعزاز و احترام کے ساتھ اس ملک کی زمام حکومت اس کے ہاتھوں میں سونپ دی۔ جب غانم نے اس صورت حال کے متعلق دریافت کیا تو انہوں نے بتایا۔

" ہمارے عقل مند بزرگوں نے اس چشمے میں ایک طلسم چھپا رکھا تھا یہ پتھر کا وزنی شیر دراصل باحوصلہ اور باہمت لوگوں کو پہچاننے کا ذریعہ ہے۔ جب اس شہر کا بادشاہ مرتا ہے تو خدا کسی باہمت جوان کو اس چشمے پر بھیجتا ہے جو کسی قسم کا خوف کھائے بغیر اس چشمے میں پاؤں رکھتا ہے اور شیر کو اٹھا کر پہاڑی کی چوٹی تک پہنچاتا ہے۔ پھر اس شیر سے یہ دہاڑ نکلتی ہے جسے سن کر تمام لوگ شہر سے باہر نکلتے ہیں اور اس شخص کو بادشاہ بنا کر اس کے عدل و انصاف کے سائے میں اپنی زندگی گذارتے ہیں۔ اب یہ بادشاہت آپ کو مبارک ہو۔

آدھی رہے نہ ساری

کسی جنگل میں ایک لومڑی غذا کی تلاش میں ماری ماری پھر رہی تھی اچانک وہ ایک درخت کے قریب پہنچی جس کے ساتھ ایک ڈھول بندھا ہوا لٹک رہا تھا۔ جب جب ہوا چلتی تھی درخت کی ایک لمبی سی شاخ ہل کر اس ڈھول پر پڑتی تھی اور اس سے ایک زوردار آواز نکلتی تھی۔ اتفاق سے اسی درخت کے نیچے ایک پالتو مرغا زمین کرید کرید کر دانہ چگ رہا تھا۔ لومڑی نے چھپ کر اس پر جھپٹا مارنا چاہا لیکن اسی وقت ہوا چلی اور شاخ ہل کر ڈھول سے ٹکرائی اور ایک زوردار آواز لومڑی کے کانوں میں پہنچی۔ اس نے نظر اٹھائی تو اسے ایک موٹی تازی بھاری بھرکم چیز دکھائی دی جس سے یہ آواز آرہی تھی ڈھول کو دیکھتے ہی اس کے منہ میں پانی بھر آیا اور اس نے دل میں سوچا۔ "اس چھوٹے سے مرغے سے کیا ہوگا۔ ہر وہ چیز جو بھاری بھرکم ہوتی ہے، آواز دیتی ہے اور زیادہ دنوں تک چلتی ہے۔"

اس خیال کے آتے ہی وہ ڈھول کی طرف بڑھی۔ آہٹ پاکر مرغا چونکا اور

تیزی سے وہاں سے بھاگ کھڑا ہوا۔ لومڑی بڑی مشکل سے درخت پر چڑھی اور جلدی جلدی ڈھول پر منہ مارا اور ہاتھ پاؤں چلانے لگی۔ مگر سوائے چمڑے اور لکڑی کے کچھ ہاتھ نہ آیا۔ ناچار درخت سے نیچے آئی۔ مرغے کو تلاش کیا مگر وہ جاچکا تھا۔ افسوس اور ندامت سے اس کی آنکھوں سے آنسو رواں ہو گئے۔ دل ہی دل میں بے حد پچھتائی اور کہنے لگی۔

"اس موٹے تازے مگر کھوکھلے ڈھول کی لالچ میں جس میں سوائے ہوا کے اور کچھ نہ تھا، میرا اچھا خاصا شکار ہاتھ سے جاتا رہا۔ واقعی کسی نے سچ کہا ہے۔ آدمی چھوڑ ساری کو دوڑے۔ آدھی رہے نہ ساری پائے۔

ظلم کا انجام

چڑیوں کے ایک جوڑے نے درخت پر اپنا آشیانہ بنایا تھا اور دانہ پانی پر گذر اوقات کرتے تھے۔ اسی پہاڑ کی چوٹی پر جس کے دامن میں یہ درخت تھا، ایک باز رہتا تھا جو شکار پر بجلی کی مانند جھپٹتا تھا اور کمزور پرندوں کے آشیانوں کو جلا کر خاک کر دیتا تھا۔ جب کبھی چڑیا کے بچے اڑنے کے قابل ہوتے تو باز ان کی تاک میں بیٹھتا اور جیسے ہی بچے اڑنے کی کوشش کرتے وہ انھیں اپنے پنجے میں دبوچ لیتا اور خود اپنے بچوں کو کھانے کے لیے دیتا۔ چڑیوں کا یہ جوڑا باز کے اس ظلم سے تنگ آچکا تھا۔ لیکن اپنا آشیانہ اور اس جگہ کو چھوڑ کر کہیں اور جانا پسند نہ کرتے تھے اس لیے چپ چاپ اس کا ظلم سہہ لیتے تھے۔

ایک بار پھر انھوں نے بچے نکالے اور جب وہ اڑنے کے قریب ہوئے تو ماں باپ بڑے خوش ہوئے۔ لیکن اچانک انھیں باز کا خیال آگیا اور ان کی ساری خوشی کافور ہوگئی۔ انھوں نے سوچا کہ کہیں ایسا نہ ہو کہ ظالم باز انھیں بھی اپنے ظلم کا نشانہ

بنالے۔ یہ خیال آتے ہی دونوں رونے دھونے لگے۔ ان میں سے ایک بچہ، جس کی آنکھوں سے ذہانت ٹپکتی تھی، ماں باپ کا یہ حال دیکھ کر بے چین ہوگیا اور ان سے پہلے خوش ہونے اور پھر رنجیدہ ہونے کا سبب دریافت کرنے لگا۔ انھوں نے کہا ـــ

"بیٹا! ہم سے اس کا سبب نہ پوچھو۔ ہمارے دل میں آگ لگی ہوئی ہے اور بہتی ہوئی آنکھیں خود یہ کہانی سنا رہی ہیں" یہ کہہ کر انھوں نے ظالم باز کی ساری داستان انھیں سنائی کہ کس طرح اس نے اُن کے بچے ان سے چھین لیے۔ جب بچے نے یہ سنا تو بولا۔

"آپ لوگ پریشان اور غمگین نہ ہوں۔ موت کے حکم سے سرتابی کی کس کو مجال ہے؛ لیکن اللہ نے ہر درد کی دوا عطا کی ہے اور ہر غم کا علاج بخشا ہے۔ اگر ہم اس ظالم باز کے ظلم وستم سے چھٹکارا پانے کی کوشش کریں تو ممکن ہے اس بار بچ جائیں اور وہ اپنے ارادے میں ناکام ہو۔"

بچے کی یہ بات انھیں پسند آئی۔ دونوں ایک ساتھ اڑے چڑیا نے غذا کی تلاش میں پرواز کی اور چڑے نے باز کے ظلم وستم سے چھٹکارا پانے کی تدبیر سوچنے کے لیے جنگل کی راہ لی۔ ابھی اس کی سمجھ میں کچھ بھی نہ آیا تھا کہ اچانک اڑتے اڑتے اس کی نظر ایک عجیب غریب کیڑے پر پڑی جسے سمندر کہتے ہیں۔ چڑے نے دل میں سوچا کہ اگر میں اس سے اپنی داستان بیان کروں تو ممکن ہے کوئی حل نکل آئے اور وہ میری مدد کرے۔ فوراً اس کے قریب جاکر اسے سلام کیا اور اس کی بندہ پروری اور

غریب نوازی کی تعریف کرنے لگا۔ سمندر سمجھ گیا۔ اس نے فوڑا پوچھا۔

"تم کچھ اداس اور پریشان نظر آتے ہو؟ آخر کیا بات ہے؟ اگر سفر کی تھکان ہے تو کچھ دیر یہیں ٹھہر جاؤ اور اگر کوئی اور وجہ ہے تو حال بیان کرو مجھ سے جتنا ممکن ہوگا، میں تمھاری مدد کروں گا۔"

چڑیا نے اتنے دکھ بھرے انداز میں اپنا حال بیان کیا کہ سمندر کی بھی آنکھیں بھر آئیں اس نے تسلی دیتے ہوئے کہا۔

"صبر سے کام لو۔ انشاء اللہ بہت جلد میں تمہیں اس مصیبت سے نجات دلاؤں گا اور ایسی تدبیر کروں گا کہ اس ظالم کا آشیانہ راکھ کا ڈھیر ہو جائے گا۔ البتہ تم مجھے اپنا اور اس کا ٹھکانہ بتا دو۔" چڑے نے اسے دونوں آشیانے بتا دیے۔ اس کے بعد چڑا رخصت ہو کر خوشی خوشی اپنے آشیانے کی طرف چلا۔

سمندر رات ہوتے ہی اپنے ساتھیوں کے ہمراہ گندھک لے کر اس مقام پر پہنچا اور باز کے آشیانے کے پاس آہستہ آہستہ پہنچ کر تمام گندھک اس پر چھڑک دی۔ وہ ظالم اپنے بچوں کے ساتھ گہری نیند سو رہا تھا۔ اسی وقت خدا کے حکم سے قہر کی تیز ہوا چلی اور آگ بھڑک اٹھی اور باز اور اس کے بچے جل کر خاک ہو گئے۔

بدی کی سزا بدی ہے

پرانے زمانے میں ایک بادشاہ تھا جو بڑا ہی ظالم، خونخوار اور جفا پیشہ تھا ہمیشہ غریبوں اور کمزوروں پر ظلم کرتا تھا۔ ایک فقیر نے اس کے لیے بد دعا کی اور اس پر لعنت ملامت بھیجی۔ ایک دن وہ بادشاہ شکار سے لوٹا تو منادی کرادی کہ "میں نے ایک عرصہ تک غریبوں اور کمزوروں پر ظلم وستم کیا۔ انھیں طرح طرح کی ایذائیں دیں۔ لیکن اب میں چاہتا ہوں کہ آخرت میں سچے دل سے توبہ کروں اور وعدہ کرتا ہوں کہ آج سے کبھی اپنی رعایا کو آزار نہ پہنچاؤں گا اور کسی ستم گر کے قدم اپنی سلطنت کے کسی گلی کوچے میں پڑنے نہ دوں گا۔"

اس خوشخبری سے رعایا کی جان میں جان آئی اور کچھ ہی دنوں میں اس کا عدل و انصاف یہاں تک پہنچا کہ اس کا لقب "بادشاہِ دادگر" مشہور ہوگیا اس کے دور میں شیر اور بکری ایک گھاٹ پر پانی پیتے تھے۔

بادشاہ کے ایک مصاحب نے ایک دن موقع پاکر بادشاہ سے اس اچانک

بے بلی کی وجہ دریافت کی اور کہا،

"جہاں پناہ کی عمر دراز ہو۔ آخر اس کا سبب کیا ہے کہ مزاج عالی اچانک ظلم جفا سے رحم انصاف کی طرف راغب ہوا؟" بادشاہ نے جواب دیا۔

"میں ایک دن شکار کو گیا۔ تھک کر ایک درخت کے سائے تلے کھڑا اِدھر اُدھر دیکھ رہا تھا کہ اچانک میری نظر ایک کتے پر پڑی جو ایک لومڑی کے تعاقب میں دوڑ رہا تھا۔ اس نے لومڑی کا پاؤں پکڑ کے اسے اتنی زور سے چبایا کہ اس کی ہڈیاں چور چور ہوگئیں اور وہ چیختی چلاتی ایک غار میں داخل ہوئی۔ وہ کتا تھوڑی دور گیا تھا کہ ایک راہرو نے اسے زور کا پتھر مارا اور کتے کی ٹانگ بھی ٹوٹ گئی۔ وہ شخص چند قدم چلا تھا کہ گھوڑے نے لات ماری اور وہ بھی لنگڑا ہو گیا۔ گھوڑا تھوڑی دور گیا تھا کہ اس کا پاؤں ایک گڑھے میں پڑ گیا اور اس کی ہڈی بھی چور چور ہوگئی۔ جب میں نے یہ منظر دیکھا تو اپنے دل میں خیال کیا کہ بدی کی سزا بدی ہے۔ ان سبھوں نے جیسا کیا ویسا پایا۔ جو جیسا عمل کرے گا اس کا نتیجہ بھی ویسا ہی ہوگا۔"

دشمن سے نجات

یک کوّے نے ایک پہاڑ کے دامن میں اپنا آشیانہ بنایا تھا۔ اس آشیانے کے نزدیک یک سوراخ تھا جس میں ایک زہریلا سانپ رہتا تھا۔ جب کوّے کی مادہ اپنے بچے پیدا کرتی، سانپ انہیں نکال کر کھا لیتا تھا۔ کوّا اپنے بچوں کی جدائی سے بے حد پریشان تھا اور سانپ کے ظلم و ستم سے اس کے دکھ میں روز بروز اضافہ ہوتا جا رہا تھا۔ ایک دن اس نے اپنے عزیز دوست بھیڑیے سے حقیقتِ حال بیان کی اور کہا۔

"میں اس زندگی سے موت کو ہزار ہا درجہ بہتر سمجھتا ہوں کیونکہ اس ظالم سانپ کے ہاتھ سے نجات پانے کی کوئی تدبیر نہیں سوجھتی۔ اور کوئی صورت نظر نہیں آتی۔ مجھے اس جگہ سے اتنی محبت ہو گئی ہے کہ اسے چھوڑنا بھی گوارا نہیں اور میری غیرت بھی اس بات کو پسند نہیں کرتی کہ اپنے بچوں کا خون کا تصاص لیے بغیر یہاں سے چلا جاؤں۔ تم میرے وفادار دوست ہو۔ کوئی تدبیر بتاؤ کہ میں اس غم سے نجات پاؤں۔"

بھیڑیے نے کہا۔ "تمہارے دماغ میں کوئی ترکیب ہے؟

کوّے نے کہا۔ "ہاں میں سوچتا ہوں کہ جب رات کو یہ سانپ غافل ہو کر سو جائے تو میں اپنی چونچ سے اس کی دونوں آنکھیں پھوڑ دوں"۔

بھیڑیئے نے کہا۔ " یہ تدبیر ٹھیک نہیں اور عقلمند دشمن کا مقابلہ اس طرح نہیں کرتے کہ خواہ مخواہ خطرہ مول لیں۔ اس تدبیر پر ہرگز عمل نہ کرنا کیونکہ اکثر لوگ اپنی تدبیرے خود ہی ہلاک ہوئے ہیں۔ میں تمہیں وہ ترکیب بتاؤں گا کہ اگر تم اس کے مطابق عمل کرو تو دشمن ہلاک ہو جائے اور تم ہمیشہ کے لیے محفوظ"۔

کوّے نے پوچھا۔ وہ کیا ہے ؟

بھیڑیئے نے کہا۔" گاؤں کی طرف اڑو اور دائیں بائیں ہر طرف نظر دوڑاؤ اور کوئی چیز ایسی جسے تم اپنی چونچ میں اٹھا سکتے ہو اسے لے کر اڑو۔ مگر اس طرح کہ آدمیوں کی نظر سے غائب نہ ہو۔ ان کے سامنے رہو یقیناً اس چیز کا مالک تمہارا تعاقب کرے گا اور جب تم سانپ کے قریب پہنچ جاؤ تو اس چیز کو وہیں گرا دو۔ جب لوگ سانپ کو دیکھیں گے تو پہلے اس کا کام تمام کر دیں گے اور پھر اپنی چیز لیں گے اور تم بآسانی اپنے دشمن سے نجات پاؤ گے"۔

کوّے نے بھیڑیئے کی ہدایت کے مطابق گاؤں کی طرف پرواز کی۔ دیکھا کہ ایک گھر کے کوٹھے پر ایک عورت نہا رہی ہے اور اس کے کپڑے سامنے رکھے ہیں۔ کوّا ان میں سے ایک کپڑا اپنی چونچ میں لے کر اڑا۔ لوگ اس کے پیچھے دوڑے۔ وہ بھیڑیئے کے کہنے کے مطابق آہستہ آہستہ اڑتا رہا۔ جب سانپ کے نزدیک پہنچا تو اس کپڑے کو وہیں چھوڑ دیا۔ لوگوں نے آتے ہی سانپ کا کام تمام کر دیا اور کوّے نے اپنے دشمن سے نجات پائی۔

دھوکے باز مچھیرا

ایک ماہی گیر ایک دریا کے کنارے رہتا تھا اور مچھلیوں پر گزر بسر کرتا تھا۔ وہ ہر روز حسبِ ضرورت مچھلیاں پکڑتا اور انہیں بیچ کر اپنی روزی حاصل کرتا۔ جب وہ وہ بوڑھا ہو گیا اور طاقت جواب دے گئی تو اس میں شکار کی ہمت نہ رہی۔ وہ بڑا پریشان ہوا۔ دل میں سوچنے لگا۔ "افسوس میں نے اپنی ساری عمر غفلت میں گزاری اور کوئی ایسا ذخیرہ نہ کیا جو بڑھاپے میں میرے کام آتا۔ اب سمجھ میں نہیں آتا کہ کیا تدبیر کروں اور کس طرح باقی عمر بسر کروں۔ بہتر یہی ہے کہ اب فریب اور دھوکے کا جال بچھاؤں کیونکہ اس کے سوا کوئی تدبیر نظر نہیں آتی۔" یہ سوچ کر ایک دن روتا دھوتا، آہ و زاری کرتا ایک تالاب کے کنارے آ بیٹھا۔ ایک کیکڑے نے جو اس کو ایک زمانے سے جانتا تھا، سر باہر نکال کر اس سے پوچھا۔

"دوست! کیا بات ہے؟ آخر آج تم اتنے اداس کیوں ہو؟

ماہی گیر نے کہا "اداس کیسے نہ ہوں؟ تمہیں تو پتہ ہے کہ میری زندگی کا سرمایہ یہی

تھا کہ میں اس تالاب سے حسب ضرورت ایک دو مچھلیاں شکار کر کے اس سے روزی کماتا تھا۔ مچھلیوں کو بھی کوئی خاص ضرر نہیں پہنچتا تھا اور میری زندگی بھی قناعت اور آرام سے گزر رہی تھی۔ آج دو شکاری یہاں سے گزرے جو آپس میں گفتگو کر رہے تھے کہ " اس تالاب میں بے شمار مچھلیاں ہیں ان کی کوئی ترکیب کرنی چاہیے۔" ایک نے کہا فلاں تالاب میں اس سے بھی زیادہ مچھلیاں ہیں پہلے ان کا کام تمام کریں پھر ان کی طرف رُخ کریں۔" اگر یہی حال رہا تو میرا دل بیٹھا جا رہا ہے میں تو مر جاؤں گا۔"

کیکڑے نے جب یہ خبر سنی تو فوراً مچھلیوں کے پاس گیا اور انھیں یہ دہشتناک خبر سنائی۔ تمام مچھلیاں گھبرا کر کیکڑے کے ساتھ ماہی گیر کے پاس آئیں اور کہا۔

" ہمیں تمھاری طرف سے جو خبر ملی ہے اس سے ہماری ساری امیدیں ہاتھ سے جاتی رہیں اور کوئی تدبیر سجھائی نہیں دے رہی ہے اب ہم تمہیں سے مشورہ لینے آئے ہیں کہ کیا کریں کیونکہ حدیث شریف میں آیا ہے کہ مشورہ دینے والا امین ہوتا ہے عقلمند دشمن بھی نیک صلاح دیتا ہے اور اب جبکہ تمھارا اپنا فائدہ بھی ہماری زندگیوں سے وابستہ ہے، تم ہی بتاؤ ہمارے بچنے کی کیا ترکیب ہو سکتی ہے؟

ماہی گیر نے جواب دیا۔" میں نے شکاریوں کی زبان سے یہ بات خود اپنے کانوں سے سنی ہے اور ان سے مقابلے کی کوئی صورت مجھے نظر نہیں آتی سوائے اس کے کہ یہاں سے قریب ہی ایک تالاب ہے جس کا پانی بے حد صاف و شفاف ہے، اس تک نہ کوئی تیراک پہنچ سکتا ہے، نہ کوئی سیاح اور نہ ہی کسی شکاری کی آنکھ اس پر پڑ سکتی ہے۔

اگر تم سب وہاں منتقل ہو جاؤ تو اپنی باقی عمر عیش و آرام سے گذار سکتے ہو۔"

مچھلیوں نے کہا۔ تمہارا مشورہ معقول ہے مگر تمہاری مدد کے بغیر ہمارا یہاں سے منتقل ہونا ناممکن ہے۔"

ماہی گیر نے جواب دیا۔" مجھ سے جتنی مدد ہو سکے گی، ضرور کروں گا۔ لیکن وقت بہت کم ہے اور شکاری لحوبہ لحو اس طرف بڑھتے چلے آرہے ہیں۔" موت کے خیال سے مچھلیاں بہت زیادہ خوف زدہ ہوگئیں۔ لہٰذا یہ طے پایا کہ ہر روز کچھ مچھلیاں اِس تالاب سے اُس تالاب میں پہنچائی جائیں۔ ماہی گیر ہر صبح چند مچھلیاں پکڑتا اور گھر لے جاکر انہیں کھا لیتا اور جب واپس لوٹتا تو دوسری مچھلیاں منتقل ہونے کے لیے عجلت کا اظہار کرتیں عقل ان کی غفلت پر روتی تھی اور کہتی تھی کہ جو دشمن کی باتوں میں آئے گا بدکرداروں پر اعتماد کرے گا اس کا انجام یہی ہوگا۔

جب بہت دن گزر گئے تو کیکڑے کو بھی اشتیاق ہوا کہ اس تالاب کی سیر کی جائے ماہی گیر نے سوچا کہ اس سے بڑھ کر میرا کوئی دشمن نہیں۔ کیوں نہ اسے بھی اُسی جگہ پہنچادوں۔ یہ سوچ کر کیکڑے کی گردن پکڑی اور اس طرف چل پڑا جہاں بیٹھ کر مچھلیوں کو کھایا کرتا تھا۔ کیکڑے نے دور سے ہی مچھلیوں کے کانٹے دیکھ لیے اور سمجھ گیا کہ معاملہ کیا ہے۔ دل میں سوچا کہ" جب عقلمند یہ دیکھتا ہے کہ دشمن اس کی جان کے درپے ہے اور پھر بھی کوئی کوشش نہیں کرتا خود اپنے ہاتھ اپنے خون سے رنگتا ہے اور اگر کوشش کرتا ہے تو اس کا نتیجہ دونوں میں سے کوئی ایک ہوتا ہے

یا تو کامیاب ہونے پر امر ہو جاتا ہے یا ناکام رہے تو ساری عمر مطعون ہو جاتا ہے"۔

یہ خیال آتے ہی کیکڑے نے فوراً ماہی گیر کی گردن پر چڑھ کر اس کا گلا دبا دیا۔ ماہی گیر چونکہ بوڑھا اور کمزور ہو چکا تھا لہٰذا فوراً بے ہوش ہو گیا اور تھوڑی ہی دیر میں دم توڑ دیا۔ کیکڑا لوٹ کر پھر سے تالاب پر گیا اور بقیہ مچھلیوں کو سارا ماجرا سنایا اور انھیں زندہ بچ جانے پر مبارکباد دی۔ تمام مچھلیاں خوش ہو گئیں اور انھوں نے کیکڑے کا شکریہ ادا کیا۔

عقلمند خرگوش

بغداد کے قریب ایک مرغ زار تھا جہاں کی ہوائیں جنت کی طرح خوشبودار تھیں اور جس کے پھل ستاروں کی طرح چمکدار۔ اس مرغ زار میں بے شمار جانور تھے جو یہاں کی خوشگوار آب و ہوا میں ہنسی خوشی بسر کرتے تھے۔ ان سے کچھ دوری پر ایک تند خو اور ظالم شیر رہتا تھا، جو ہر روز ان کی درگت بناتا تھا اور ان کے عیش و آرام میں خلل ڈالتا تھا۔ ایک روز وہ سب مل کر شیر کے پاس پہنچے اور نہایت عاجزی اور انکساری کا اظہار کرتے ہوئے کہا۔

"جہاں پناہ ہم آپ کی رعایا ہیں اور آپ ہر روز بڑی محنت اور مشقت سے ہم میں سے ایک کو شکار کرتے ہیں ہم سب بھی اس خوف سے پریشان رہتے ہیں۔ اس لیے ہم نے طے لیا ہے کہ آپ کو بھی فراغت حاصل ہو اور ہم کو بھی چین ملے۔ اگر آپ کو اعتراض نہ ہو تو ہم ہر روز صبح آپ کا ناشتہ خود پہنچا دیا کریں اور کبھی اس کام میں سستی نہ کریں۔"

شیر نے خوش ہو کر اس کی اجازت دے دی۔ جانور روزانہ قرعہ نکالتے اور جس کے نام بھی قرعہ آتا اس کو ناشتے کے لیے شیر کے پاس بھجوا دیتے۔ اس طرح کئی روز گذر گئے۔ ایک روز ایک خرگوش کے نام قرعہ نکلا۔ اس نے اپنے دوستوں سے کہا۔ "اگر میرے بھیجنے میں تھوڑی تاخیر کرو تو میں تمہیں اس ظلم سے نجات دلا سکتا ہوں۔"

انھوں نے کہا۔" ہمیں اس میں کوئی مضائقہ نہیں۔"

خرگوش تھوڑی دیر تک ٹھہرا رہا۔ یہاں تک کہ ناشتہ کا وقت گزر گیا اور شیر کی بھوک تیز ہو گئی اور اشتعال میں آ گیا۔ خرگوش آہستہ آہستہ اس کی جانب روانہ ہوا۔ جب وہ وہاں پر پہنچا تو شیر کو بے حد مشتعل پایا۔ بھوک اور غصے سے اس کا چہرہ سُرخ ہو رہا تھا۔ وہ غضبناک ہو کر زمین پر پنجے مار رہا تھا۔ خرگوش نہایت آہستہ سے اس کے سامنے آیا اور ادب سے سلام کیا۔ شیر نے غصے سے پوچھا۔

"تم کہاں سے آئے ہو اور جانوروں کا کیا حال ہے؟"

خرگوش نے جواب دیا۔ انھوں نے حسب معمول ایک خرگوش میرے ہمراہ آپ کے لیے بھیجا تھا۔ لیکن اتفاق سے میں ایک اور شیر کے یہاں ملازم ہوں۔ وہ شیر ہمیں راستے میں ملا۔ اس سے میں نے کتنی عاجزی کی کہ یہ ہمارے بادشاہ کا ناشتہ ہے۔ لیکن وہ نہیں مانا اور کہا کہ یہ میری شکارگاہ ہے اور یہ شکار مجھے ملنا چاہیے اور اس درجہ بڑائی ہانکنے لگا کہ میں عرض نہیں کر سکتا۔ مجھ غریب میں اس کے مقابلے کی طاقت کہاں تھی؟ بڑی مشکل سے اس سے پیچھا چھڑا کر بھاگا تاکہ آپ کو

اس صورتِ حال سے آگاہ کر دوں"

بھوکے شیر کی رگِ حمیت پھڑک اٹھی اور اس نے کہا۔

"کس کی مجال ہے جو میرے سامنے یوں بہادری کا دعویٰ کرے؟ اور اپنی بڑائی ہانکے؟ اور اس طرح میرے شکار پر ہاتھ مارے۔ اگر ممکن ہو تو مجھے اس شیر کا پتہ بتا دو تا کہ میں اس سے بدلہ لے سکوں" یہ کہہ کر شیر اس کے پیچھے پیچھے چلا خرگوش اسے ایک کنوئیں کے پاس لا یا جس کا پانی آئینے کی طرح صاف تھا اور جس میں ہر کسی کا عکس صاف دکھائی دیتا تھا خرگوش نے شیر سے کہا۔

"آپ کا نابکار دشمن اسی کنوئیں میں رہتا ہے اور میں بھی اس کے خوف سے ڈرتا ہوں۔ اگر آپ مجھے اپنی گود میں لے کر اس کنوئیں میں جھانکیں تو میں بتا دوں"

شیر نے اسے گود میں لے کر کنوئیں میں جھانکا۔ اپنا اور خرگوش کا عکس پانی میں دیکھا تو سمجھا کہ یہ وہی شیر ہے جو میرا شکار ہتھیائے ہوئے ہے۔ فوراً کنوئیں میں چھلانگ لگائی اور چند لمحوں میں ڈھیر ہو گیا۔ خرگوش سلامتی کے ساتھ لوٹا اور جانوروں کو سارا ماجرا کہہ سنایا۔ وہ شکر خدا بجا لائے اور امن و امان سے رہنے لگے۔

تین مچھلیاں

کسی جگہ ایک تالاب تھا جو شارع سے ہٹ کر عوام کی نگاہوں سے مخفی اور پوشیدہ تھا اس کا پانی صوفیوں کے دلوں کی طرح صاف تھا اور پینے والوں کے حق میں آب حیات تھا۔ اس تالاب میں تین مچھلیاں رہتی تھیں جن میں سے ایک بے حد محتاط دوسری تھوڑی صاحبِ تدبیر اور تیسری بالکل کم عقل تھی۔

ایک روز اچانک موسمِ بہار میں تین ماہی گیروں کا وہاں سے گزر ہوا۔ اتفاق سے انھیں ان مچھلیوں کی خبر ہوئی جو اس تالاب میں رہتی تھیں۔ ان میں سے ایک ماہی گیر فوراً جال لانے کے لیے دوڑا اور بقیہ دو ماہی گیر ان مچھلیوں کو پکڑنے کی ترکیب کے متعلق باتیں کرنے لگے۔ جسے مچھلیوں نے سن لیا۔ جال آتے آتے رات ہوگئی وہ مچھلی جو سب سے محتاط تھی اور جس نے زمانے کے سرد و گرم دیکھے تھے اپنی نجات کی تدبیر کرکے دوسری مچھلیوں کو اطلاع دئے بغیر ایک دوسرے تالاب میں جو اسی تالاب سے ملا ہوا تھا، منتقل ہوگئی۔ صبح شکاریوں نے اس تالاب کی دونوں جانب سے جال

ڈالا۔ وہ مچھلی جو تھوڑی صاحبِ تدبیر تھی جب اس نے یہ حال دیکھا تو بہت پشیمان ہوئی اور دل میں سوچا کہ میں نے غفلت کی اور اپنے انجام کا خیال نہ کیا۔ اگر میں بھی اس عقل مند مچھلی کی طرح احتیاط سے کام لیتی اور اپنی رہائی کی تدبیر کرتی تو بہتر تھا۔ واقعی بیماری سے پہلے ہی اس کا علاج کر لینا چاہیے۔ اب کسی تدبیر کا موقع نہیں ہے۔۔بہر حال عقل مند کو چاہیے کہ نا امید نہ ہو اور حتی الامکان کوشش کرتا رہے۔ یہ سوچ کر اس نے اپنے آپ کو مردہ ثابت کیا اور پانی پر تیرنے لگی۔ شکاریوں نے اسے مردہ سمجھ کر اٹھا لیا اور تالاب کے کنارے پر ڈال دیا۔ جب شکاری جال کھینچنے میں مشغول ہوئے تو یہ تڑپ کر دوسرے تالاب میں چلی گئی اور اس طرح تدبیر کر کے اپنی جان بچالی۔

تیسری مچھلی جو غفلت شعار اور بے وقوف تھی حیران و پریشان اِدھر اُدھر سر مارتی پھرتی تھی۔ آخر جال میں گرفتار ہوئی اور اپنی سستی اور کم عقلی کے سبب موت کے منہ میں پہنچ گئی۔

کچھوا اور بچھّو

ایک کچھوے اور بچھو میں بہت دوستی تھی۔ دونوں ہمیشہ ساتھ ساتھ رہتے اور ایک دوسرے کا دم بھرتے۔ ایک دن اتفاق سے دونوں کو اپنا مسکن چھوڑنا پڑا چلتے چلتے ان کا گذر ایک بڑے دریا کے پاس سے ہوا۔ چونکہ بچھو دریا پار کرنے سے قاصر تھا لہٰذا بڑا پریشان ہوا کچھوے نے کہا۔ "اے میرے پیارے دوست کیا بات ہے جو تم اتنے اداس ہو گئے؟

بچھو نے کہا۔ "اس دریا کو پار کرنے کے لیے خوف سے میں کافی پریشان ہوں۔ نہ میں دریا پار کر سکتا ہوں اور نہ اپنے دوست کی جدائی برداشت کر سکتا ہوں"۔

کچھوے نے کہا: "غم نہ کرو۔ میں تمہیں اپنی پیٹھ پر سوار کر کے اپنے سینے کو تیرے لیے سپر بنا دوں گا۔ ایک دوست بڑی مشکل سے ملتا ہے اسے اتنی آسانی سے کھو دینا، واقعی افسوس کی بات ہوگی"۔

کچھوے نے بچھو کو اپنی پیٹھ پر سوار کر لیا اور روانہ ہوا۔ بیچ دریا میں تیرتے

تیرتے کچھوے کے کانوں میں ایک آواز سی آئی اور اسے بچھو کی حرکت کا احساس ہوا۔ اس نے پوچھا" یہ کیسی آواز ہے جو میں سن رہا ہوں۔ اور یہ کونسا کام ہے جس میں تم اتنے مشغول ہو؟"

بچھو نے کہا:" اپنے ڈنک کی چبھن کو تمہارے جسم پر آزما رہا ہوں"

کچھوے کو غصہ آگیا اور کہا۔

بے مروت! میں نے تیرے لیے اپنے آپ کو گرداب کے خطرے میں ڈالا اور اپنی پیٹھ کو تیرے لیے کشتی بنایا اور تو احسان نہیں مانتا۔ پرانی دوستی کا پاس نہیں کرتا۔ اس طرح ڈنک مارنے کی کیا وجہ ہے؟ جبکہ تو یہ جانتا ہے کہ تیری اس حرکت سے میری پیٹھ کو کوئی نقصان نہ پہنچے گا اور میری چٹان جیسی پیٹھ پر تمہارا ڈنک بے اثر ہوگا۔"

بچھو نے کہا:" معاذ اللہ! یہ خیال میرے دل میں بھول کر بھی نہیں آیا۔ مگر اپنی فطرت سے مجبور ہوں۔ ڈنک مارنا میری فطرت ہے خواہ وہ زخم دوست کی پیٹھ پر آئے یا دشمن کے سینے پر۔"

کچھوے نے دل میں کہا:" بزرگوں نے صحیح کہا ہے کہ بد اصل کی پرورش کرنا اپنی آبرو کھونا ہے۔" کچھوے نے پانی میں ایک غوطہ لگایا اور بچھو دریا میں ڈوب گیا۔

— -- ——

نادان اونٹ

ایک چالاک کوّا، ایک خطرناک بھیڑیا اور ایک مکار سیار ایک شیر کی ملازمت میں تھے۔ ان کا جنگل شارع عام سے نزدیک تھا۔ ایک بار ایک سوداگر کا اونٹ اس جنگل کے اطراف چرتے چرتے آیا اور شیر کے نزدیک پہنچا۔ شیر کو دیکھتے ہی گھبرا گیا۔ اسے اس کے کوئی چارہ نہ تھا کہ عاجزی اور انکساری سے کام لے۔ لہٰذا فوراً اسے سلام کیا۔ شیر نے بھی جواب دیا اور اس کی خیریت پوچھی۔ اونٹ نے جواب دیا۔ ''حالانکہ آپ سے پہلے اپنے کام میں مجھے اختیار تھا لیکن جب سے آپ کو دیکھ لیا عنانِ اختیار ہاتھ سے جاتی رہی اب آپ جو فرمائیں گے وہی کروں گا۔''

شیر نے کہا۔ ''اگر پسند ہو تو میری امان میں رہو۔''

اونٹ بہت خوش ہوا اور اسی جنگل میں رہنے لگا۔ ایک عرصہ اسی طرح گزر گیا اور اونٹ کافی موٹا ہو گیا۔ ایک روز شیر شکار کی تلاش میں نکلا اور ایک مست ہاتھی سے اس کی مڈبھیڑ ہو گئی۔ دونوں کے درمیان زبردست مقابلہ ہوا

شیر زخمی ہو کر واپس لوٹ آیا اور کراہتا ہوا زخموں سے چور چور ایک کونے میں گر گیا۔ بھیڑیا سیار اور کوّا جو اس کے طفیل میں لقمے توڑتے تھے۔ بے یارو مددگار ہو گئے۔ شیر چونکہ شاہانہ مزاج رکھتا تھا اس لیے اپنے ملازموں کی یہ حالات دیکھ کر اسے بہت افسوس ہوا۔ اس نے کہا۔ ''تمہاری تکلیف مجھ سے دیکھی نہیں جاتی۔ اگر کوئی شکار قریب ہو تو مجھے اطلاع دو کہ میں اسی حالت میں جا کر اس کا شکار کروں تاکہ تم اپنا پیٹ بھر سکو۔'' انھوں نے وہاں سے اٹھ کر ایک دوسرے سے صلاح و مشورہ کیا اور طے کیا کہ اس اونٹ سے نہ بادشاہ کو کوئی فائدہ ہے نہ ہمیں اس سے کوئی محبت ہے۔ اس لیے بادشاہ کو اس بات پر راضی کرنا چاہیے کہ وہ اونٹ کا شکار کرے تاکہ دو چار روز کے لیے ہمیں اور اسے کھانے کا آرام ہو جائے۔

بھیڑیے نے کہا۔ ''ایسا خیال بھی دل میں نہ لاؤ کیونکہ شیر نے اونٹ کو امان دی ہے۔ جو کوئی بادشاہ کو غدر پر اکسائے گا اور بدعہدی کی تحریک دلائے گا، وہ خیانت کرے گا اور خیانت ہر حال میں قابلِ نفرین ہے اور خیانت کرنے والے سے خدا اور رسول ناراض اور خلق ناخوش رہتی ہے۔''

کوّے نے کہا۔ ''اس معاملے میں کوئی بہانہ تلاش کیا جا سکتا ہے۔ شیر کو اس کے وعدے سے آزاد کیا جائے۔ تم لوگ یہاں نگاہ رکھو۔ میں جاتا ہوں اور ابھی لوٹ کے آتا ہوں۔''

کوّا پھر شیر کے پاس جا کے کھڑا ہو گیا۔ شیر نے پوچھا۔ ''کیا کوئی شکار نظر آیا؟ اور کچھ

لیے کوئی خبر لائے ہو؟

کوّے نے کہا۔" جہاں پناہ بھوک کے مارے نظر کچھ کام نہیں کر رہی ہے اور ہلنے جلنے کی قوت بھی نہیں رہی۔ لیکن ایک صورت ایسی نظر آتی ہے کہ اگر بادشاہ اس کی اجازت مرحمت فرمائیں تو ہم سب نعمتوں سے مستفیض ہو سکتے ہیں۔"

شیر نے کہا۔" اپنے دل کی بات کہہ ڈالو تا کہ مجھے اس کی خبر ہو۔"

کوّے نے کہا۔" یہ اونٹ ہم لوگوں کے درمیان اجنبی ہے اور ہمیں اس سے کوئی فائدہ بھی دکھائی نہیں دیتا اور فی الحال کوئی شکار بھی نظر نہیں آتا۔"

شیر یہ سُن کر غضبناک ہوا اور بولا۔

"آج کل کے دوستوں پر لعنت ہے جو سوائے دشمنی اور بغض کے کچھ نہیں رکھتے دوستی، محبت، مروّت اور انسانیت کو ایک دم بھلا بیٹھے ہیں۔ عہد شکنی کونسے مذہب میں جائز ہے؟ اور دی ہوئی زبان سے مکرنا کہاں تک بجا ہے"؟

کوّے نے کہا۔" میں یہ بات جانتا ہوں لیکن عقل مندوں نے کہا ہے کہ اپنے آپ کو اپنے گھر والوں پر فدا کرنا چاہیے اور اپنے گھر والوں کو اپنے قبیلے پر اور قبیلے کو شہر والوں پر اور شہر والوں کو بادشاہ شہر پر، جو خطرے میں ہو فدا کرنا واجب ہے۔ کیونکہ بادشاہ کی سلامتی میں ہی ہماری سلامتی ہے۔ دوسری بات یہ کہ اس طرح وعدہ دینے والا وعدہ شکنی سے پاک رہے گا اور اس کی جان محفوظ رہے گی۔"

شیر نے یہ سن کر گردن جھکالی۔ کوّا پھر دوستوں کے پاس آیا اور کہا:

"پہلے جب میں نے اونٹ کو مارنے کی بات کی تو شیر غصہ ہوا اس کے بعد نیم رضا مند ہو گیا۔ اب یہ تدبیر ہے کہ ہم سب اونٹ کے پاس چلیں اور شیر کی تکلیف کا حال بیان کریں اور کہیں کہ ہم اس کی پناہ میں ہنسی خوشی بسر کر رہے تھے کہ آج یہ حادثہ پیش آیا۔ انسانیت کا تقاضا یہی ہے کہ ہم اپنی جان اس پر فدا کریں ورنہ بے وفا کہلائیں گے۔ بہتری اسی میں ہے کہ ہم سب شیر کے پاس جائیں اور اس کے انعام و اکرام کا شکریہ ادا کریں اور پھر کہیں کہ ہم سے کوئی خدمت آپ کی نہیں ہو سکتی سوائے اس کے کہ ہم اپنی جانیں آپ پر فدا کریں۔ لہٰذا ہم میں سے ہر کوئی چاہتا ہے کہ آج جہاں پناہ ہمارا ناشتہ فرمائیں اور دوسرا اس کا بچاؤ کرے یہاں تک کہ اونٹ کی باری آئے۔ ممکن ہے کہ اس طرح اونٹ مارا جائے۔"

مل جل کر یہ سب اونٹ کے پاس گئے اور ساری تفصیل اسے سنائی۔ چونکہ وہ سادہ دل تھا لہٰذا ان کی باتوں میں آ گیا اور طے شدہ تدبیر کے مطابق وہ سب اونٹ کے ساتھ شیر کے پاس پہنچے اور آداب بجا لائے۔ پھر کوّے نے کہا۔

" ہماری خوشی آپ کی سلامتی میں ہے اور چونکہ جہاں پناہ بے حد کمزور ہو گئے ہیں لہٰذا اس بات کی ضرورت ہے کہ آپ میرے گوشت سے لذت حاصل کریں۔ مہربانی فرما کر مجھے شکار کریں تاکہ میری زندگی آپ کے کام آئے۔"

دوسروں نے فوراً کہا:

"تمہیں کھانے سے کیا فائدہ ہوگا۔ تمہارے گوشت سے تو بادشاہ کا پیٹ بھی نہ بھرے گا۔ تمہاری حیثیت ہی کیا ہے؟ یہ سن کر کوّے نے گردن جھکا لی اور بھیڑیے نے

کہنا شروع کیا۔

''ایک عرصے سے آپ کے سائے میں ہوں آج چاہتا ہوں کہ بادشاہ میرے گوشت سے ناشتہ فرمائیں۔''

دوسروں نے فوراً جواب دیا۔

''تم جو کچھ بھی کہہ رہے ہو محض محبت اور احسان مندی میں کہہ رہے ہو۔ اس میں شک نہیں کہ تمہارا گوشت بدبودار ہے لہٰذا بادشاہ اسے کھا کے بے مزہ ہوں گے۔''

یہ سن کر بھیڑیا خاموش ہو گیا اور سیارہ سامنے آکر کہنے لگا۔

''میں بھی بادشاہ پر فدا ہونے کا خواہش مند ہوں اور چاہتا ہوں کہ بادشاہ ہنسی خوشی مجھے اپنے دانتوں میں جگہ عطا فرمائیں۔''

دوسروں نے کہا۔ '' یہ بات تم نے انتہائی خلوص سے کہی ہے لیکن تمہارا گوشت کھانے سے گلے میں سوجن آجاتی ہے اور نقصان کا اندیشہ ہے۔''

سیارہ یہ سن کر پیچھے ہٹ گیا۔ اب اونٹ نے اپنی لمبی گردن اٹھا کر مہار کھینچ کر احمقوں کی طرح بولنا شروع کیا۔

جہاں پناہ! میں آپ ہی کا پروردہ ہوں۔ اگر آپ کو اپنے دسترخوان کے قابل نظر آؤں تو اپنی جان دینے سے مجھے کوئی اعتراض نہیں۔

دوسروں نے کہا۔ '' یہ بات تم نے انتہائی عقیدت اور محبت سے کہی ہے اور یہ سچ ہے کہ تمہارا گوشت بادشاہ کے مزاج کے موافق ہے تمہاری

ہمت کی داد دینی چاہیے کہ بادشاہ کے لیے تم نے اپنی جان کی بھی پروانہ کی اور اس معاملے میں اپنا نام امر کر دیا۔"

اس طرح سب نے مل کر اونٹ کو مار دیا اور وہ غریب ٹکڑے ٹکڑے ہو گیا۔

انوارِ سہیلی کی منتخب کہانیوں کا دوسرا حصہ

ایک سے بڑھ کر ایک

مصنف : ملا حسین واعظ کاشفی

بین الاقوامی ایڈیشن جلد منظر عام پر آرہا ہے